中华优秀传统文化系列剪纸

戏曲功夫

◎ 段朋喆 段朋洁 编著

山西出版传媒集团

山西经济出版社

图书在版编目（CIP）数据

中华优秀传统文化系列剪纸 . 戏曲功夫 / 段朋喆，
段朋洁编著 . -- 太原：山西经济出版社，2017.9
　　ISBN 978-7-5577-0251-9

　　Ⅰ . ①中… Ⅱ . ①段… ②段… Ⅲ . ①剪纸—作品集
—中国—现代 Ⅳ . ① J528.1

中国版本图书馆 CIP 数据核字（2017）第 219091 号

中华优秀传统文化系列剪纸《戏曲功夫》

编　　著：段朋喆　段朋洁
出 版 人：孙志勇
选题策划：董利斌
责任编辑：解荣慧
装帧设计：冀小利

出 版 者：山西出版传媒集团·山西经济出版社
地　　址：太原市建设南路 21 号
邮　　编：030012
电　　话：0351-4922133（发行中心）
　　　　　0351-4922085（综合办）
E - mail：scb@sxjjcb.com（市场部）
　　　　　zbs@sxjjcb.com（总编室）
网　　址：www.sxjjcb.com

经 销 者：山西出版传媒集团·山西经济出版社
承 印 者：山西三联印刷厂

开　　本：787mm×1092mm　1/16
印　　张：3.5
字　　数：13 千字
版　　次：2017 年 10 月　第 1 版
印　　次：2017 年 10 月　第 1 次印刷
书　　号：ISBN 978-7-5577-0251-9
定　　价：23.00 元

戏曲功夫

戏曲是中国汉族传统艺术之一，是一种历史悠久的舞台艺术形式。它整合了文学、音乐、舞蹈、美术、武术、杂技等艺术形式，综合成了一种幽默诙谐、文武兼备的舞台艺术。而戏中的"生、旦、净、丑"四大行当在台上表演"唱、念、做、打"，更须冬练三九，夏练三伏，台上一分钟，台下十年功。

戏曲功夫的种类有水袖功、翎子功、梢子功、帽翅功等多种。演员通过不同的戏曲功夫，表现戏曲人物不同的思想感情、心理活动及性格特征。那夸张的脸谱，华丽的服装、道具，在演员熟练的表演中运用得淋漓尽致，将剧情演绎得或跌宕起伏，或细腻缠绵，或慷慨激昂。它们源于生活而又高于生活，是生活中人们情绪、行为的艺术升华。

戏曲功夫

目　录

目 录

戏曲功夫

水袖功

水袖，缝于戏服袖口，长约 2 米，宽约 60 厘米，因表演时舞动起来如荡漾的水波而得名。

水袖功

　　水袖功是演员舞动水袖形成的有规律的水袖舞姿。舞起水袖，时而成团，仿佛花团锦簇；时而成缕，如行云流水；时而如滚动的车轮，时而状如托塔。

水袖功

有的单手操作，有的双手完成，旋转、抛甩、重叠，将戏曲人物激动、痛苦等情感表现得淋漓尽致，形象地反映了人物的心理活动和各种感情。常为青衣、旦角、小生等行当的表演基本功。

翎子功

翎子是戏曲表演中插在角色头饰上的雉鸡尾，俗称野鸡翎，非常漂亮，广泛应用于各个行当，多代表与正统思想相抵触的人物。

翎子功，俗称"耍翎子"，有摆翎、甩翎、竖翎、旋翎、扫脸翎子等动作。

梢子是由古人头顶挽起的长发演变而来，常见于小生、须生、武生的表演。梢子功一般在悲壮、激烈的剧情中使用，表现剧中人物悲愤交加、仓皇失措、惊慌不安、垂死挣扎等情绪。

帽翅是官服上的装饰。官阶不同，帽翅的两片叶子也有所不同。帽翅功多用于须生行当，用于表现特定剧情中人物回忆、思考、兴奋、喜悦、振奋等心理活动或情绪变化。

胡子功

　　胡子是戏曲演员戴的假须，称髯口，戏曲表演中生、旦、净、末、丑各行当角色所戴的髯口，又称"口面"。早期的髯口用细绳拴，后改用铜丝挂钩，由写实过渡到夸张，式样也越来越丰富。

胡子功

　　胡子功又叫耍胡子，即髯口功，是秦腔艺术常用技巧，有托、挑、摆、捋、甩、推、捻、抖等多种技巧。剧中人物通过各种动作舞弄胡子，来表现其各种复杂的情感和神态。

中华优秀传统文化系列剪纸　戏曲功夫

鞭子在戏剧中，既是打马的鞭子，又是马的象征。常用于功架须生、武生、武旦等行当。鞭子功通过舞动马鞭以配合演员的身段动作，烘托剧情、塑造人物。

鞭子的运用有二十四字口诀："上、下、抖、捋、蹁，左、右、斜、跨、翻、坐、掳、回、曳、拉、打、绊，扑、立、拴、引、卧、扬、攀。"

蒲剧折子戏《贩马》中，壮士艾千舞弄鞭子，综合应用了鞭子功、髯口功等绝技，生动传神地演绎出他扬鞭驰马奔边疆人困马乏的状态。

担子功是蒲剧《阴阳河》中的一个表演特技。演员通过对肩上的担子驾轻就熟的掌控，来表现剧中人物面对坎坷命运的无奈和悲伤。

甩纸幡

　　纸幡是中国民俗中特有的沟通阴阳的招魂之物。甩纸幡是蒲剧《五雷阵》中孙膑的专用特技。通过舞动纸幡来表现他的英雄气概。甩纸幡要求演员不仅要有技巧，更需要有体力。

跷子是木制的脚垫，尖而小，十几厘米长。外面要套上绣花小鞋。戏曲表演时，演员用两个脚趾穿上，并绑牢。行走时必须用两个脚趾，脚后跟要高高提起，像跳"芭蕾"一样。

跷子功是戏曲功夫中高难度的特技，往往演员脚下要踩着长十几厘米的跷子在椅子上表演各种高难度的动作，以刻画剧中人物青春活泼的性格特征，有"东方芭蕾"的美称。

　　火彩来源于百戏杂耍，演员口含用棉纸包着的松香末，剪口朝外，对着明火吹出松香末，顿时团团烈火燃起来，仿佛喷火一般。这一特技用来表现放火烧房、烟熏火燎的情节，或营造神鬼气氛，以推进剧情发展，还有界定剧中人物身份的作用。

帕子功

帕子功是旦角演员的基本功。手帕既是剧中人物的装饰，又是道具。随着剧情的演变，舞起帕子能起到烘托剧情、塑造人物的作用。

戏曲　特技

叠衣功

　　叠衣功是生活中叠衣动作的艺术升华，表现出人物干净利落、聪明灵巧的性格。通过演员的形体动作推动剧情的发展，展现人物的情绪变化。

系带子

带子是演员系在腰间的装饰，系带子要求戏曲演员顷刻间将带子紧紧地扎在腰间，以展现出人物干净利落的性格特征。

扭屁股

扭屁股是蒲剧《采花》中的一个特技。表现出"采花贼"侯上官劫色不成，摔断双腿后反被劫财，为求活命，以屁股代腿挪着回家。其动作与音乐紧密配合，将一个歹徒的狼狈神态刻画得活灵活现。

耍蛤蟆

耍蛤蟆是蛤蟆脸谱和面部肌肉运动相结合的一项表演特技，演员通过额部肌肉和眼皮的张合，使蛤蟆像是从头上跳下来一样。用以表达剧中人物苦思冥想、焦躁不安的情绪。

杠子功通常都是义士、侠客、豪杰、大盗之类的剧中人物表演的特技，舞台上的杠高高挂起，离地十米左右。杠子功通常表现了飞檐走壁、蹿房越脊和窥探等剧情。

朝天蹬

　　朝天蹬是戏曲基本功中的腰腿功，一条腿稳稳地扎在地上，另一条腿高高抬起，颇显武术功底。朝天蹬本是武术动作，因而多出现于会武功的人物的表演上，这些人物多集中在武生、武丑等当行，如赵云、林冲等。《林冲夜奔》中的林冲和《劈山救母》的沉香，都在戏曲表演中展现了朝天蹬的特技。

戏曲人物

戏曲 特技

武将

戏曲　特技

武将

28

戏曲　特技

绿林好汉

戏曲　特技

绿林好汉

戏曲剧目

《打焦赞》是京剧剧目，又名《杨排风》。杨宗保被韩昌俘虏，孟良搬兵杨排风，但焦赞看不起排风这等女流之辈。曾败给杨排风的孟良怂恿二人比武，杨排风棍打焦赞。于是，杨延昭点将让排风出征，孟、焦二人随征，杨排风大败韩昌救回杨宗保。

《顶灯》是晋剧、秦腔中著名的丑角戏。

　　赌徒张启山不务正业，全靠妻子狄氏纺线度日。狄氏命张启山集市卖线换米，不料，张启山将钱输光。回家后妻子怒责张启山，罚他跪下顶灯。

穆柯寨

《穆柯寨》是《杨家将演义》里的故事。

北宋年间，宋辽开战，辽军摆下天门阵，破天门阵需用穆柯寨的降龙木做斧柄。杨宗保前往穆柯寨借降龙木，被寨主之女穆桂英看中，智擒于寨中，两人不打不相识，后喜结连理，穆桂英大破天门阵。

拾玉镯

　　《拾玉镯》是一个流传数代的经典故事。京剧、桂剧、秦腔、蒲剧中都有这部戏。陕西关中孙家庄少女孙玉娇在家门口绣花，与青年世袭指挥傅鹏相遇，两人一见钟情。傅鹏故意丢下玉镯让玉娇拾起，被刘媒婆看到后撮合二人结为夫妻。

《三娘教子》改编自明末清初戏曲小说家李渔的《无声戏》中的一回。有《织布》《背书》《家法》《动怒》《和好》等片段。

织布

背书

三娘教子

三娘王春娥,含辛茹苦教养丈夫薛子约之子乙哥一十三载,送其南学读书。乙哥贪玩,背书不会,三娘机房训子,意欲严教,乙哥听信他人戏言,吐语不敬。深深刺痛三娘的心,三娘气极打断机杼,后经仆人薛保好言相劝,母子言归于好。

家 法

动 怒

和 好

蔡婆探监

婆媳之间

生死离别

豪气冲天

窦娥冤

　　窦娥丈夫因病去世，与婆婆蔡婆相依为命。婆婆因讨债遭谋害，被路人张驴父子救起。不料张驴父子图谋不轨，意欲霸占窦娥婆媳，婆媳不从。张驴就下毒想药死蔡婆后霸占窦娥，不料被其父误食致死。张驴要挟窦娥不成，反告窦娥害死其父，窦娥被冤判死刑。

天伦之乐

知心话

拉家常

老来乐

游 园

《游园》演绎出明清时期，官宦之家的女眷或携幼子，或与老人花园闲话、赏景、打发时光的情景。

铁弓缘

　　明代太原总兵石须龙之子石伦看见茶馆之女陈秀英美貌，仗势逼婚，被陈母打跑。恰遇石须龙部将匡忠，陈母见匡忠年少正直便引回茶馆。陈秀英一见钟情，便用家传铁弓试他，匡忠果然拉满弓，二人订下婚约三日后迎娶。石伦嫉妒陷害匡忠，茶馆逼婚。陈秀英母女杀死石伦，女扮男装逃往二龙山投奔匡忠结义兄弟王富刚。

　　剧中母女二人出逃，通过使用鞭子特技模拟拉马、上马、打马、勒马、催马、下马、拴马等动作，表现出临危不惧、机智果敢的女中豪杰形象。

杀狗

　　战国时，曹庄辞去楚国的高官职位，回家侍奉年迈的母亲，以打柴度日。妻子焦氏不贤，刻薄曹母。曹庄出去打柴，焦氏不仅不给婆婆饭吃，还打骂婆婆。曹母向儿子哭诉。曹庄怒责焦氏，焦氏不但不认错，还胡搅蛮缠。曹庄气急挥刀要杀焦氏。焦氏害怕，躲到婆婆身后求饶，适有家中所养之狗跑来，曹庄怒气未消，一刀将狗砍死。焦氏悔悟，孝顺婆婆，从此一家人和睦相处。

　　剧中人焦氏通过纳鞋底、吃面、吃馍，特别是系带子等一系列动作，将其机灵麻利和对婆婆刁钻刻薄，对丈夫温柔体贴的双重性格表现得淋漓尽致。

小宴

《小宴》是三国戏《连环计》中的一折。讲王允让貂蝉陪吕布饮酒，意在使美人计，让吕布除掉董卓。剧中翎子的一点一动配合演员的一颦一笑，将吕布桀骜不驯、不可一世又色迷心窍的多种性格神态表现得活灵活现。

阴阳河

　　《阴阳河》是一出鬼戏，讲山西商人张茂深与妻子李翠莲月下交欢冲撞了月宫。鬼府摄取妻子魂魄，罚她在阴阳河畔担水三个月方可还阳。夫妇二人在四川阴阳界相遇，演绎出人鬼恋情。

　　剧中人李翠莲的担子功，有背担、闪担、换肩、转体等各种表演技巧，担子在肩上的快速旋转，将李翠莲对丈夫的留恋、牵挂和对命运的无奈、悲伤等情绪表现得无比真切。

五雷阵

《五雷阵》是战国戏，讲的是孙膑为救侄子，被妖道毛菁做法。毛菁设下五雷阵，将孙膑魂魄摄取。幸好孙膑道行高，真元不动。后师弟毛遂用师傅鬼谷子的太极图破五雷阵，救出孙膑。

剧中人物孙膑身背九尺纸幡，时而高高抛起，时而翻卷如潮，时而挥甩似鞭，形象地展现出剧中人孙膑英武、悲壮、崇高的艺术形象。甩纸幡是《五雷阵》的专用特技，也是特技与中国戏曲传神写意的完美结合。

徐策跑城

《徐策跑城》是传统戏曲《薛刚反唐》中的一折。讲的是徐策接到薛刚夫妇兵临长安的喜讯，不顾年迈体弱上城观望，见薛家兵强马壮，满心欢悦，飞跑入朝，代其雪冤，并迫使朝廷杀了当年残害薛家的奸相张天佐之子张台。

随着剧中人徐策帽翅功的展现，其内心欢快、喜悦、扬眉吐气的情感层层递进逐一外显，将剧情推向高潮。

周仁哭坟

　　明代嘉靖年间，严嵩当权害死朝臣杜宪，其子杜文学被发配云南，临行前托义弟周仁照顾妻子。严嵩府管家严年垂涎杜妻美貌，胁迫周仁献出杜妻。周仁因怕杜文学被害，迫于无奈以周妻代嫁。周妻洞房行刺失手，自刎身亡。周仁只能将其当作杜妻敛葬，却被世人误解唾骂。

　　剧中人物周仁通过梢子功的表演，将遭受屈打、满腹委屈、无处诉说、剧烈的疼痛和极度的压抑与无限的悲愤全部倾泻在这三尺发梢之中，形象生动地将剧中人物的内心情感展现出来。